La Cabellera de Berenice

La Cabellera de Berenice

Lorenzo Lunar

La cabellera de Berenice

Copyright © 2012 Lorenzo Lunar
Copyright © 2012 Portada: Elena Blanco
Copyright © 2012 De esta edición. Eriginal Books

www.eriginalbooks.com
www.eriginalbooks.net

ISBN-13: 978-1-61370-008-2
Library of Congress Catalog Card Number: 2012952636

A las primas rubias que nunca tuve.

A las lecturas de adolescente que las sustituyeron

El amor no vive sino en la materia, en él lo moral es un incentivo, cuando no es un pretexto: el amor no vive sino en la libertad como todas las grandes pasiones.

JOSÉ MARÍA VARGAS VILA

-I-

Aquel verano hizo demasiado calor. Llegué a la terminal de ferrocarriles de La Habana con una idea fija: templarme a mi prima Berenice.

Yo tenía solo dieciocho años, el bachillerato terminado a duras penas y la frustración por no haber alcanzado la carrera de periodismo. Por eso había decidido vivir la aventura de la vida. Y de qué mejor manera empezar a vivirla que entre los brazos, y las piernas, de mi querida prima.

Unos días antes la había llamado anunciándole mi visita. Berenice tenía algunos años más que yo y una larga cabellera rubia. Se había casado con un dirigente de La Habana, pero acababa de divorciarse.

Yo guardaba lindos recuerdos de mi prima.

Su madre se había ido para Miami a principios de los años sesenta. Una historia que en la familia los mayores comentaban en voz baja.

Eleonora era prima de mi madre.

Dicen que Eleonora era una mujer muy linda. Vivaz y siempre de buen humor. Recuerdo que cuando mi madre hablaba de ella lo hacía con admiración, solamente censurada por la mirada de mi padre. Ella me contaba las historias de cuando hicieron el bachillerato juntas y sus salidas, en las tardes, por las tiendas y las plazas de Santa Clara.

Cuando triunfó la revolución, Eleonora había tenido a Berenice producto de un desliz que, al parecer, toda la familia supo perdonarle a cambio de desterrar al padre de la niña de nuestras memorias. Eleonora estuvo de acuerdo y parece que el padre de la criatura también, pues nunca supe de él ni una palabra. No recuerdo haber escuchado siquiera su nombre en ninguna conversación familiar.

La tía Graciela, la madre de Eleonora, era revolucionaria de patria o muerte. Había participado en la lucha clandestina contra Batista vendiendo bonos del "26 de julio" y bordando brazaletes para los guerrilleros urbanos. En los días de la Batalla de Santa

Clara, que puso fin a la guerra a fines en diciembre del cincuenta y ocho, Graciela había ofrecido su casa como hospital para atender a los heridos y fungió como enfermera voluntaria.

En la sala de la casa de la tía Graciela había cuatro inmensos retratos: Fidel, Raúl, Camilo y Che.

Eleonora desapareció de su casa un día de mayo del año sesenta y cinco.

Todos sabían de sus aventuras. Tan liberal y liviana. Todos la consentían y la perdonaban. Ella era así y nada ni nadie la haría cambiar. Por suerte la revolución comenzaba a crear una nueva sociedad en la que aquellos valores pequeño-burgueses, como la virginidad y el matrimonio, no tendrían la menor importancia al pasar algunos años; así pensaban todos en la familia, y hasta la misma tía Graciela, justificando la actitud de su hija.

Era normal, entonces, que Eleonora se perdiera un par de días de casa y al regresar, llena de júbilo y con la alegría de las mujeres bien satisfechas sexualmente reflejada en el rostro, le dijera a su madre: es que conocí a un muchacho, un buen camarada. El nuevo lenguaje revolucionario, usado oportunistamente por Eleonora, era el mejor antídoto contra el regaño de su madre.

Pero ella nunca había faltado de su casa más de una semana, por eso todos comenzaron a preocuparse. Y la preocupación se fue haciendo mayor a medida que los días pasaban.

Eleonora era una mujer bella y cualquier cosa le podía haber sucedido. Se avisó a la policía, la buscaron por todos los hospitales. El primo Rafe, que había luchado en el Escambray durante los últimos días de la guerra y que ya tenía los grados de teniente del ejército revolucionario, salió en un jeep por todo el país tratando de encontrarla.

La carta llegó a fines de junio. Un sobre sin remitente ni sello postal que alguien pasó por debajo de la puerta de la tía. Un sobre blanco que contenía un papel amarillo con una frase escueta y cortante, escrita de puño y letra de Eleonora. Es su letra, sí, diría mi madre unos días después, cuando la tía Graciela, recuperada del golpe, le mostrara el fatídico papelito: No me busquen más, estoy en El Norte.

Cuando la tía Graciela leyó la carta tuvo su primer infarto.

La prima Eleonora se había ido del país. Se había ido al norte revuelto y brutal, a Miami, a Estados Unidos. Para nunca más volver. El golpe fue duro para la tía Graciela que, además de perder a su única, querida y consentida hija, la debía admitir traidora a la causa a la cual ella había consagrado su vida. Por eso, antes que cargar con la vergüenza pública de tener una hija gusana, pidió a toda la familia guardar el secreto. Y así se hizo hasta donde se pudo.

Hasta el primo Rafe estuvo de acuerdo en guardar el secreto de la prima traidora. Y en la familia comenzamos a convencernos de una historia en la cual la prima Eleonora era secuestrada por un grupo de delincuentes, se la llevaban a un rancho, Dios sabe en qué lugar de las afueras de Santa Clara, ¡hay tanto marabú en las lomas que rodean esta ciudad!, la violaban, ¿qué otra cosa podrían hacer esos delincuentes con una mujer tan bella?, y luego la asesinaban. Quizás el cadáver de la prima Eleonora fue pasto de las auras, a lo mejor los degenerados se dignaron a darle sepultura aunque fuese en un vulgar hoyo sin marcas, sin siquiera una cristiana cruz.

Así imaginábamos, y comentábamos en la familia, el final de la prima Eleonora, tratando de encubrir, o de olvidar, su seguro destino, noventa millas al norte de nosotros.

A veces la tía Graciela, en sus momentos de debilidad, se abrazaba a mi madre para inventarse otra historia de Eleonora, más esperanzadora y reconfortante.

Ella está viva, decía la tía, que en su fuero interno veía más real la historia del asesinato y violación que aquella alucinante carta recibida una alucinante tarde de junio del año sesenta y cinco. Ella está en el Norte cumpliendo una misión. Un día de estos volverá y quizás sea la agente Regina, heroína de muchas batallas secretas de la patria.

Y mi madre, abrazada a su tía, con su talento innato de narradora de historias, la práctica adquirida mirando peliculones de Libertad Lamarque y Jorge Negrete por las tardes en Cine del Hogar, y especializada, últimamente, con las series de espionaje cubanas, terminaba de componer románticos guiones en los que la prima Eleonora salvaba la patria, la revolución y el socialismo como si fuese una agente 007 versión roja, para luego volver al regazo de su madre a pedir perdón: Mírame, madre, y por piedad, no llores, si esclava de mi edad y mis doctrinas tu mártir corazón llené de espinas, piensa que nacen entre espinas flores.

Así pasaba el tiempo y yo me hacía un adolescente en medio de aquella historia. Toda la familia consolando a la tía Graciela y mis padres ocupándose de ayudarla en la crianza de su nieta Berenice.

Berenice pasaba los fines de semana en mi casa. Mis padres nos llevaban a la playa, a visitar a nuestros familiares en el campo, o, alguna noche de sábado, comíamos en un restaurante. Cosas que la pobre tía Graciela, dependienta de una bodega, no podía brindarle a la linda Berenice. Otros fines de semana nos quedábamos en casa, jugando parchís, capitolio, mirando la televisión.

Fui testigo, inocente primero y consciente después, de la pubertad de mi prima. Cuando nos sentábamos en el suelo a jugar parchís pude ver asomarse sus primeros pelos púbicos por el elástico de sus calzones, también cómo aquel bultico de carne rosada rajado al centro iba creciendo fin de semana tras fin de semana. Cuando Berenice se inclinaba para tirar los dados presencié, debajo de su escote, como, cada semana, sus pezones se teñían de un rosa más intenso y tomaban forma sus pechos.

Mi madre, muy alegre, le regaló delante de mí sus primeros sostenes a mi prima Berenice. Los dos nos sonrojamos, pero seguimos nuestro juego de parchís. Casi a media noche nos fuimos a dormir.

Mi prima y yo siempre dormíamos juntos. No valía la pena armar una camita incómoda para ella los fines de semana. Mi cama era bastante amplia y todavía yo no tenía tamaño para llenarla.

Berenice cuidaba de mí con ese espíritu maternal que siempre tienen las niñas con sus hermanos menores. Mis padres se iban a su cuarto y ella se encargaba de preparar nuestra cama, poner el mosquitero en los tiempos de plagas, acercar el ventilador en las noches de calor, y hasta de darme el vaso de leche imprescindible para ir a dormir.

Algunas veces nos quedábamos mirando la tele hasta que finalizaba la programación. Mi prima apagaba las luces de la sala y hacía que yo me acurrucara en su regazo mientras avanzaba la trama de la película de medianoche, en la que ya era usual encontrar ciertas escenas más o menos fogosas.

Yo sentía la piel tibia de mi prima, los latidos acelerados de su pecho y las palpitaciones rítmicas de su vientre y, aunque no comprendía totalmente lo que estaba pasando, sentía una sensación de placer que siempre acababa reflejándose en una vergonzosa dureza en mi entrepierna. Mi prima me acariciaba la cabeza con una de sus manos mientras que con la otra se sobaba los muslos. Yo cerraba los ojos, tal vez avergonzado, para no ver más la escena de la televisión y pensar solo en mi prima. Berenice y yo. Mi prima y yo en la playa. Los dos solos en una casa de campo. Berenice y yo en una isla desierta. Juntos en una nave espacial soviética rumbo a Marte. Y todo el tiempo mi prima acariciándome, yo tumbado en su regazo, respirando aquellos efluvios tibios que me llegaban desde su pelvis.

Berenice se acostaba pegada a mí. Sus senos tocaban mi pecho. Ella tomaba mi mano y la llevaba a su entrepierna para frotarse con mis dedos. Yo sentía la más grata combinación de miedo y placer que hasta hoy pueda recordar. Cuando su entrepierna se tornaba húmeda, mis dedos se volvían atrevidos y jugaban con el apéndice carnoso que palpitaba en medio de su raja. Ella me susurraba cosas al oído. Palabras que nunca logré comprender y que hoy no consigo recordar como palabras. Era música. Otras veces ponía sus pechos junto a mi boca y yo los besaba con miedo. Con miedo de mis padres, con temor de Dios, con miedo a ella misma que me ofrecía su carne así, con esa desfachatez y ese cariño maternal al mismo tiempo.

Berenice, mientras tanto, me acariciaba la picha. Pero mi libido infantil siempre sucumbía ante el empuje de mi prima ya adolescente. Aquella sensación tibia en mi barriga se iba desvaneciendo hasta perderse en el sueño y la vergüenza. Hasta una noche que sentí, por primera vez, una sensación distinta, un cosquilleo que se alojó en mis verijas y un estremecimiento incontrolable de todo mi cuerpo. Sentí ganas de gritar y mordí la almohada. Ella no solo me estaba tocando la picha, sino que la meneaba arriba y abajo al mismo ritmo de su respiración agitada. Sentí un torrente que se precipitó por mi interior para derramarse sobre las sábanas. Eran apenas unas gotas de agua lechosa que ella limpió con sus calzones.

Yo flotaba.

Te estás volviendo un hombrecito, me dijo Berenice, y sentí cómo me ponía un beso en la boca.

Era el primer beso que mi prima me daba en la boca y el primer beso que alguien me diera en la boca jamás. Entonces sentí que mi cuerpo volvía a tomar vida entre las sábanas.

Cuando Berenice comenzó la secundaria básica el primo Rafe le consiguió una beca. Era un gesto muy humano para ayudar a la tía Graciela, que así se ahorraba la comida de mi prima toda la semana y disminuía también otros gastos como ropa y zapatos ya que en el internado abastecían a Berenice con todo eso. Y más, hasta jabón de tocador.

Fue un gesto muy humano del primo Rafe, que ya era capitán del ejército revolucionario y tenía muy buenas relaciones. Un gesto que comenzaba a alejar a mi prima de mí, ya que en lo adelante alternaría los fines de semana con su abuela y con mi familia.

A partir de aquel momento comencé a odiar al primo Rafe y a todos los oficiales del ejército capaces de conseguir alguna prebenda para su familia.

Una noche de sábado, cuando comenzábamos a tocarnos en la cama, mi prima me dijo una frase al oído: Ya me partieron.

Yo no entendí nada, hasta que ella, haciendo una pausa en nuestro toqueteo, me explicó: Un profe me la metió. Ya no soy señorita. Ese huequito se rompe cuando a una le meten la picha. Duele un poco y una echa sangre, pero eso es solo al principio. Ahora ya puedo templar.

Mi prima me explicaba aquello con una desvergüenza y un vocabulario tal que se hacían tangibles, de golpe, todos aquellos actos y palabras que hasta el momento eran para mí simples ejercicios de imaginación.

Me contó cómo, por las noches, iba al despacho del profesor y como este, con el pretexto de repasarle matemáticas, la toqueteaba. El profe es lindo y tiene ventipico de años, a mí me gusta. Me dijo que al principio sintió miedo cuando el profesor, una noche, se sacó la picha, se la puso en las manos y le pidió que se la meneara. Yo no me imaginaba que eso podía ser tan grande. Me describió cómo el tipo, otra noche, la toqueteó y la besó tanto que la volvió loca hasta el punto que ella sintió deseos de meterse aquello. Verás que no te va a doler, dice ella que le dijo el profe. Yo ya me lo sentía mojado, pero él se agachó y me pasó la lengua. Después él me sentó en sus muslos. Yo abrí bien las piernas, como él me dijo que hiciera, y él me la puso ahí mismo. Era una cosa caliente y sabrosa que quería entrar en mí y ya yo no sentía miedo, lo que quería era que me la acabara de meter. Cuando él empujó, sentí algo que me raspaba, pero era sabroso. Empecé a menearme, como me habían dicho las muchachitas de mi aula que ya sabían templar, y entonces ya no me importó el dolor.

Cuando Berenice terminó de contarme su historia, yo tenía la picha tiesa como una barrena de acero. Una barrenita, podría haber pensado ella.

Lo que pasa es que cuando una lo hace por primera vez, entonces quiere seguir templando siempre, me dijo mi prima adelantándose al diagnóstico médico que años más tarde definiría su total incontinencia. Y después me preguntó: ¿Quieres que te enseñe cómo es?

Berenice no esperó mi respuesta. Se sacó el blúmer, abrió las piernas y dobló sus rodillas empinando la pelvis hacia arriba. Ven, acuéstate aquí arriba de mí y bésame en la boca, me exigió en un susurro con tono pedagógico. Yo obedecí como un cachorro.

Mi boca quedaba justo encima de la suya, intentando un beso tímido, y mi picha sintió el calor de su entrepierna. Sentí cómo su mano guiaba mi rabito por su raja, hasta el centro. Empuja, me pidió. Y empujé, creo que por instinto. Entonces sentí que una cavidad tibia y húmeda me acogía. Sentí cómo mi prima temblaba debajo de mí. Sentí un movimiento de su pelvis. Y un movimiento de sus caderas. Yo intenté imitarla, pero no pude. Sentí que se me iba la vida en los apenas veintidós gramos de leche acuosa que depositaba en el interior de Berenice. Me sentí desfallecer.

No me hiciste nada, sentí que me dijo ella con una risita.

A medida que fuimos creciendo, los encuentros con mi prima Berenice se hicieron más esporádicos. Ella, a veces, traía como pretexto que alguna compañerita de aula la invitaba a pasarse el fin de semana con su familia. Otras que prefería quedarse en la escuela a repasar porque tenía pruebas. Estudiosa que ha salido Berenice, decía la tía Graciela.

Yo imaginaba a mi querida prima en casa de su amiga, toqueteándose con el hermano o el primo de la muchacha. O los fines de semana en la escuela, templando con el profesor de la picha grande y la cara bonita.

Yo soñaba con mi prima Berenice, con aquella cabellera rubia y rebelde que era una metáfora de ella misma. Soñaba con sus senos blancos y tibios. Con sus piernas abiertas para mí. Y acababa pajeándome.

Mi prima Berenice, protagonista de casi todas mis masturbaciones de adolescente.

Cuando comencé la secundaria básica también me mandaron a una beca. A una de esas escuelas en el campo que se pusieron de moda en los años setenta. La nueva escuela, la nueva casa. Entonces pasaban los meses sin que coincidiéramos mi prima y yo.

En esos tiempos ya Berenice tenía novio, casi siempre un novio distinto, y se había convertido

22

también en mi amor imposible. Al visitarnos, ella seguía tratándome delante de todos como a un niño, pero cuando teníamos un aparte me provocaba con conversaciones lascivas.

¿Cómo te va en la escuela? ¿Tienes novia? ¿No te la has templado todavía? Y luego me contaba de sus aventuras con el novio de turno. De los rincones donde se metían. De las posiciones en que se ponía. De las cosas que hacían. ¡Cómo me gusta que me la metan por detrás!, me confesó cierta vez. De cómo se metía en los despachos de los profesores. A mi prima Berenice siempre le gustó hacerlo con sus profesores. Ella estaba terminando su primer año de preuniversitario con notas de sobresaliente.

Yo, cuando la ocasión era propicia, soltaba mi mano atrevida en busca de sus pechos, de sus nalgas o de su entrepierna. Ella se dejaba tocar y ponía cara de enferma para decirme: Te vas a morir haciéndote pajas a costa mía, Leonardito. Búscate una novia y tiémplatela.

Una mañana de verano la tía Graciela entró a mi casa como una tromba. Tenía el rostro colorado y le temblaban las manos. ¡Con un negro! ¡Con un negro! ¡Está templando con un negro!, le decía a mi madre que, como yo, no lograba entender qué era lo que le pasaba a la tía. Tiene que ser algo muy grande para que diga esa palabrota, pensaría mi madre.

Después de sentarla en un sillón, darle un vaso de agua y ponerme a mí a echarle aire con una penca de guano, mi madre logró que la tía Graciela le contara lo que había sucedido. La historia era sencilla y cruel.

Eran los días del carnaval de Santa Clara. Berenice había estado saliendo todas las noches con un grupo de muchachos de su barrio. A la tía Graciela no le importaba que llegara un poco tarde, porque la suponía bien acompañada. Por eso, apenas llegaba la medianoche, se iba a dormir sin preocupaciones.

Anoche hice igual que siempre, cuando cerró la programación de la televisión me fui a la cama. Bere tiene su llave, contaba la tía. Pero esta mañana, cuando me despierto, me asomo a su cuarto y veo algo que se está moviendo en la cama. Yo no lo podía creer. Ni lo que veía ni lo que oía. ¡Un negro chorizo, carbón de piedra, tizón del diablo, encaramado encima de Berenice!, ¡desnudos los dos!

Yo, inmediatamente, sentí odio por aquel negro que se había templado, sabe Dios cuántas veces, a mi prima del alma, a mi amor imposible. Tanto odio como el que veía reflejarse en los ojos de la tía Graciela. Un odio que ni siquiera pude borrar cuando,

24

unos años después, viajé a África, en misión internacionalista, con el propósito de saldar nuestra deuda con la humanidad.

¡Está templando con un negro, coño! Volvió a gritar la tía, llena de furia. Entonces tuvo su segundo infarto.

Esa puta me va a matar del corazón, fue la frase acuñada de la tía Graciela durante su convalecencia. Y para toda su vida en lo adelante.

Mala suerte la de la tía Graciela, comentaban mis padres, y en el fondo de la frase flotaba, como un halo, la imagen de Eleonora junto a su hija Berenice.

A mí, en realidad, no me gustan los negros, me confesó cierta vez mi prima durante una de sus ya raras visitas a mi casa. Mientras mi madre preparaba la comida, pues la prima se quedaría a comer pero no a dormir —ya hacía años que, para mi pesar, Berenice no dormía en mi casa— nosotros conversábamos en el portal. Lo que pasa es que no se puede negar que tienen la picha grande, y a mí me gusta sentirme una cosa grande adentro. Por cierto, Leonardito, ¿qué tal la tuya?

Yo, que solo tenía que sentir la presencia de mi prima para que se me pusiera la picha tiesa, me pasé la mano por encima de la portañuela para mostrarle cuánto había crecido aquel gusanito que la dejara insatisfecha las pocas veces que, temeroso e inexperto, se lo había podido meter. Ella me dedicó una sonrisa casi maternal que solo consiguió herir mi amor propio, y me dijo: Te estás haciendo un hombrecito. Puede ser que algún día...

Cuando me dieron la noticia, sentí el frío de una hoja que se clavaba en mis entrañas.

Se nos casa Berenice. La noticia la trajo la propia tía Graciela. A ver si al fin se tranquiliza, le dijo la tía a mi madre. Es un hombre serio y responsable, dirigente en La Habana, acotó. La tía Graciela se sentía más descansada que feliz. A mis padres les pareció bien. Como estaba desprestigiándose esa muchachita no era fácil encontrar alguien que cargara con ella. Aunque el tipo tuviera veinte años más, eso no importaba tanto si era un buen hombre. Dirigente, insistía la tía Graciela. Aunque la niña tuviera que irse a vivir a La Habana, tan lejos. Mejor, así descanso de esta puta que me está acabando con los días de mi vida, pensaría la infeliz.

Por favor, Leonardito, cuando quieras ve a visitarme, me pidió mi prima Berenice el día que se fue a vivir a La Habana con su marido. No es dirigente, es impotente, me dijo bajito, burlándose de su madre y de su marido al mismo tiempo.

Nos dimos un beso. Un beso público. Un candoroso beso de primos.

Nunca, durante años, me decidí a visitarla. Hasta aquel verano.

-II-

Mis padres querían que yo estudiara medicina. Yo quería ser periodista. Las carreras había que discutirlas al final del bachillerato por un escalafón según el promedio académico. Mis padres ignoraban hasta qué punto yo había descuidado mis estudios.

Cuando llené mi boleta para solicitar las carreras universitarias nunca puse la opción de medicina, sabía que sería por gusto. Pedí periodismo. Pero también sabía que era en vano.

Una de las causas de mi descendente promedio académico se llamaba Miosotis.

Miosotis era mi compañera de mesa en el aula. Las mesas se alineaban en tres filas de cinco. Eran mesas para dos estudiantes, con un tapete de formica y dos gavetas, una para cada alumno, para poner los libros. Miosotis y yo nos sentábamos en la última mesa de la fila de la izquierda, junto al ventanal. Yo hacia la parte del pasillo. Ella al lado de la ventana.

Miosotis y yo habíamos descubierto una manera de hacer menos aburridos los aburridos turnos de clases: yo me entretenía sobando sus muslos y metiendo mi mano debajo de su falda y ella amasándome la picha por encima del pantalón. Nuestro relajo llegaba al grado de ensañarnos con las asignaturas más tediosas, de tal manera yo me complacía al ponerla ardiente en el medio de una clase de Marxismo, al punto que ella tuviera que inclinarse sobre la mesa para disimular la expresión lujuriosa de su carita. ¿Le pasa algo Miosotis?, preguntaba el profesor interrumpiendo la explicación de por qué la materia era lo fundamental y no la idea. No es nada, profe, dice que tiene dolor de ovarios, le respondía yo, solidario. Y ella salía al final de la clase apretándose el vientre y todavía con las orejas calientes y el rostro descompuesto.

Ella consideraba su mayor triunfo sacarme la leche en medio de una clase de Geografía Económica, si era posible en el momento en que la profesora me preguntaba el concepto de plusvalía o de agricultura especulativa. Miosotis gozaba mirándome contestar con voz entrecortada en medio de la eyaculación que en vano yo trataba de contener. ¿Por qué no se pone de pie, Leonardo? Disculpe, profe, es que me lesioné una rodilla jugando baloncesto. Luego se divertía cuando yo intentaba taparme, con los libros, la mancha en el pantalón a la salida de la clase.

Algunos de nuestros compañeros de aula se daban cuenta que nos pajeábamos en el fondo del aula y gozaban con aquello. Miosotis disfrutaba también al saber que los demás se imaginaban, o sabían, lo que hacíamos.

Miosotis me gustaba porque me recordaba a mi prima Berenice. Era rubia, el cabello suelto y rebelde. Pero no era solo el físico. Miosotis era irreverente y desfachatada, como Berenice. Sencillamente puta. Como mi prima.

Miosotis y yo no éramos novios. Ella tenía un novio que la visitaba los miércoles por las tardes en la beca y al que se encargaba de adornar con tarros de todos los colores. Todas las noches. Con un profesor distinto cada vez. En eso también se parecía a mi prima Berenice.

Miosotis y yo nunca templamos. Nuestro acuerdo tácito era el tácito toqueteo. Con Miosotis descubrí que ese toqueteo oculto, clandestino, es una de las variantes más morbosas del sexo. Una práctica sublime que luego he practicado muchas veces en ómnibus de transporte local, autobuses interprovinciales, trenes, cines, actos públicos y todo tipo de vehículos y lugares donde sea posible el contacto físico.

Y no me refiero al toqueteo vulgar de esos sobadores que, cual carteristas, se montan en las guaguas a aprovecharse de la muchacha infeliz que no se da cuenta de que la están tocando. O de aquella que cuando se da cuenta no se atreve, por vergüenza o por miedo, a protestar y aguanta el sobijo hasta que consigue apartarse del descarado. No.

Me refiero a otra práctica. No el robo, sino el trueque de contrabando. Esa que precisa del acuerdo común y callado de los dos. Aquella que resulta de un preludio de miradas cómplices y de gestos insinuantes, desapercibidos para la multitud. Códigos que pocos somos capaces de descifrar. Luego la consumación. El intercambio morboso como burla al resto del universo que lo ignora. Ella que empina la grupa para que tú, al amparo del tumulto, le restriegues la picha sobre las nalgas, mientras miras, como si nada, por la ventanilla del autobús, y ella, impasible, conversa de metafísica con su compañera de viaje hasta que siente cómo se le humedece la entrepierna.

¡Qué sensación saber que has hecho gozar a esa mujer extraña de la que desconoces el nombre, la profesión y el estado civil! Esa con la que no has intercambiado, ni trocarás jamás, una palabra, ni el más mínimo saludo. Esa que para gozar no ha dicho frases libidinosas ni exhalado el menor gemido. Y, sin embargo, un gesto insignificante de ambos, digamos rascarse la nariz ella, una tosecita tuya, ha sido la señal para el orgasmo simultáneo y también contenido.

¡Qué morboso placer ese de la entrega ínfima y el goce total!

Con Miosotis nunca sentí la necesidad de templar. Hubiera sido matar la ilusión.

La otra causa de mis desgracias académicas se llamaba María de los Ángeles.

Yo salía con María de los Ángeles todos los fines de semana, cuando me daban pase en la beca. María de los Ángeles sí era mi novia. Al menos siempre íbamos del brazo por la calle, yo la buscaba en su casa para salir, su padre me saludaba con cierta cortesía, porque era amigo de mi padre, y su madre me brindaba café y me llamaba Leonardito.

Nos dejaban salir solos por las tardes. Por las noches solamente si íbamos en grupos y con la condición de que Mari no debía llegar demasiado tarde a casa.

Cuando comencé con mi María, ella ya no era virgen.

Una tarde en que fuimos al cine, cuando después de besarnos y sobarle las tetas, mi mano bajó a su entrepierna, ella cerró los muslos y se echó a llorar. Yo ya estoy partida. Me confesó avergonzada de no poder brindarme la fruta de su virginidad.

Después del torrente de llanto me contó la historia, a la par que corrían ante mi vista las escenas en blanco y negro de una película soviética sobre la Gran Guerra Patria.

Le había pasado unos meses antes, cuando celebraba la Navidad y el año nuevo con sus familiares del campo, en un lugar llamado Remate del Diablo. Habían sido varios días de fiesta, comida y bebida. El ejecutor fue un primo suyo, los primos se exprimen, dice un dicho popular, que la había cogido por la fuerza la noche de Navidad, en la oscuridad de un vara en tierra al fondo de la casa. Te juro que yo no sabía bien qué es lo que estaba pasando, Leo. Habíamos bebido mucho vino, me confesó. Después de aquello tuvo que callarse, porque conocía las malas pulgas de su padre y no quería buscarle una desgracia al hombre, me dijo. Tú sabes que mi padre es muy bruto y si se enteraba de eso era capaz de cometer cualquier locura. Yo, que ya sabía cómo funcionaban esas cosas, consolé a mi ángel diciéndole que no importaba, tú eres mi novia y yo te quiero, y eso no impide que te siga queriendo, lo que nos importa es el futuro que nos espera como compañeros. Le besé los labios nuevamente, le acaricié las tetas y entonces ella abrió las piernas en ángulo de sesenta grados para dejarse hacer una larga paja durante los más de treinta minutos de heroísmo soviético que aún quedaban en pantalla.

Aquel era también el consentimiento tácito de María de los Ángeles para templar cada vez que tuviéramos una oportunidad.

Los sábados por la mañana nos íbamos a los montes de la periferia de Santa Clara, a las ya entonces muy populares bases de campismo. Nunca nos metimos en alguno de los pocos hoteles que quedaban en el centro de la ciudad, por miedo a que nos sorprendiera su padre. Pero le cogimos el gusto a hacerlo en pleno contacto con la naturaleza, como decía el *slogan* del campismo popular. Por la tarde yo devolvía a mi ángel a sus padres, bien satisfecha la niña, y con erupción en la piel de las nalgas por causa de haberlo hecho encima de la hierba.

Por las noches lo hacíamos en la calle. Aprovechando la oscuridad de las noches santaclareñas. Recostados a un poste, al costado de un camión, en la penumbra de un pasillo. Como siempre íbamos en grupo, al menos dos parejas, nos turnábamos para vigilar unos mientras el otro par se daba el gusto.

Algunas noches nos arriesgábamos a hacerlo en la puerta de su casa. Disimuladamente, para no hacer ruidos sospechosos. Yo me sacaba la picha y ella se levantaba la falda, yo al nivel de la acera y ella en el umbral de la puerta para buscar altura y clavarse abrasada a mí. Nos movíamos suave, como si estuviéramos bailando una balada. *Just you and me, simple and free...*

Una noche buscamos una posición distinta. Ponte de frente a la puerta, con los brazos en alto, abre bien las piernas y empina las nalgas, para metértela por detrás, le pedí y ella obedeció sin oponer mucha más resistencia que la que debió ofrecerle a aquel supuesto primo suyo que le gozó la virginidad la noche de Navidad.

María tenía un culo de ángel. Unas nalgas blancas y redondas que me tenían desquiciado. Le puse la picha entre las ancas y comencé a empujar suave mientras me agarraba con fuerza del marco de la puerta. Mi picha, embarrada de los jugos vaginales de mi María, logró penetrar el esfínter, entonces empujé con más furia apoyándome con más fuerza en el marco de la puerta.

Mi Ángel y yo, al punto del orgasmo no escuchamos, o no quisimos escuchar, los pasos que se acercaban desde el interior de la casa. Todo acabó cuando su padre abrió la puerta y nosotros caímos, ella con las piernas abiertas y el culo destrozado, y yo con mi picha tiesa, a los pies del ogro. Los mato a los dos, coño, dijo el viejo al tiempo que me pateaba el trasero, y salió corriendo a buscar un machete.

Por suerte el padre de María de los Ángeles guardaba su machete en la cocina, al fondo de la casa. Eso me dio el tiempo suficiente para ponerme de pie, acomodarme el pantalón y salir corriendo calle abajo.

A mis padres les llegaron dos noticias fatídicas al mismo tiempo: yo quedaba sin carrera universitaria y el padre de María de los Ángeles me exigía casarme con su hija porque la había desvirgado.

Lo de la carrera universitaria no tenía solución, al menos inmediata. Años más tarde yo mismo me encargaría de componer mi vida y hasta aceptaría como una bendición el hecho de no haberme enredado en aquel momento con una carrera universitaria que solo hubiera servido para encerrarme en mi ciudad, en una oficina, cubriendo un estúpido cargo de dirección.

El matrimonio era otra cosa.

A mí me gustaba mi María, pero lejos estaba de pensar en casarme con aquel diablito tan débil de carácter ante una picha. No quería verme en el futuro temiendo la posibilidad del tarro en cada encuentro de mi mujer con algún primo, amigo o conocido. Así se lo expliqué a mi padre: será hija de tu amigo, pero es puta, y yo no voy a pagar los platos que otro rompió.

Quítate de mi presencia, sentenció mi padre. Este muchacho me va a matar del corazón, dijo mi madre llorosa parafraseando a la tía Graciela. Entonces fue que tuve la idea de llamar a mi prima Berenice.

Cuando, más calmado, le expuse la idea a mis padres, el viejo se puso de pie, se metió la mano en el bolsillo y sacó la cartera. Aquí tienes doscientos pesos. Sí, es mejor que te vayas a casa del carajo por un tiempo, hasta que las cosas se tranquilicen.

Mi madre rompió a llorar.

-III-

En la terminal de trenes de La Habana el termómetro marcaba treinta y cuatro grados centígrados. Eran las cuatro de la tarde y había acabado de caer un aguacero. El vapor reverberaba sobre el asfalto de las calles. Yo me sentía dentro de una olla de presión.

Hacía más de dos años que no veía a mi prima Berenice y me moría de los deseos de verla. Todavía me hacía pajas como un chiquillo pensando en ella. Aún guardaba el recuerdo de mi ridícula iniciación entre sus piernas y alimentaba la esperanza de demostrarle las cosas que ya sabía hacer como hombre.

Cuando vi a Berenice acercarse a mí, su paso firme, su sonrisa amplia, su cabellera rubia, su cabellera mojada, su cabellera bravía, su cabellera de gualda, sentí ese vacío en el estómago que solo se siente cuando uno ve acercarse a la persona que ama.

La abracé tan fuerte que por un momento pensé que podía haberle causado daño. Leonardito, coño, si te has hecho un hombre, me dijo mi prima cuando recuperó el aliento.

La prima Berenice conducía un automóvil moderno de una marca extraña que hoy no soy capaz de recordar, quizás un Peugeot, o un BMW, quizás el primer BMW que rodó por las calles de La Habana. Era un coche cómodo, con asientos acolchonados, cristales calobares y los cambios en el suelo. Evidentemente no era ruso.

Tomamos por la avenida del malecón rumbo al túnel de la calle Línea. La prima Berenice vivía en Miramar.

Yo había visitado La Habana algunas veces, con mis padres, pero me hacía el inocente cuando la prima Berenice me mostraba las fortalezas del Morro y La Cabaña al otro lado de La Bahía, los grandes hoteles: El Habana Libre, El Capri, El Nacional con su fuente que daba al malecón, El Riviera... Y es que todo era nuevo para mí si lo vivía al lado de la prima. Ella, como Dios, creaba otra vez las cosas al mencionarlas.

Al pasar el Hotel Nacional me atreví a rozarle su muslo con mi mano. La prima llevaba una faldita corta que dejaba a merced de mi vista su blanco pernil. Sus pies, uno sobre el acelerador y el otro junto al cloche, dejaban sus piernas semiabiertas. Toda una tentación.

La prima Berenice puso la mano sobre la palanca del embrague y al cambiar la velocidad, con delicadeza y sin que mediara protesta alguna por su parte, apartó mi mano de su muslo. Y, quizás para que yo no me sintiera cohibido, inició una conversación muy de su estilo: Te has puesto muy lindo Leonardito. Ya debes haber partido unos cuantos bollitos en Santa Clara.

Yo sentí que se me calentaban las orejas. Respiré profundo y sonreí.

Cuéntame algo, anda, insistió la prima.

Yo, en realidad, de ese tema no tenía mucho que contar. Hoy en día es más difícil partir un bollo que reunificar a Viet Nam, solía decir mi socio El Chino. No hay quinceañera señorita ni tamarindo dulce, era otro chiste suyo. Si la quieres coger sana búscala en un círculo infantil. Y yo creo que era cierto.

Yo solo había estado con una muchacha virgen: Magnolia. Y por casualidad.

Te has quedado mudo, insistió Berenice. Mira, que estás en deuda conmigo. Yo siempre te conté todas mis cosas. Cuéntame. A ver, ¿cómo se llama la

40

dichosa? Yo respiré profundo. Magnolia, le dije. Ella soltó una risita. Magnolia, vaya nombrecito, a que fue en la beca. Hace unos años, cuando estaba en octavo grado. Me la imagino, seguro que una guajirita de Hatillo... O de Cifuentes. De algún lugar por ahí. Esas son calientes. De Picadora, confesé.

Magnolia era una guajirita de Picadora, un pueblito que está por la carretera que va de Santa Clara a Sagua la Grande, entre los poblados de Hatillo y Cifuentes. Una rubiecita escuálida y de ojos muy claros. Magnolia había tenido varios novios en la escuela. Tenía fama de ser rápida diciendo que sí y buena apretando. Yo estaba convencido de que Magnolia no había sido virgen nunca.

En aquellos días estábamos en la cosecha del maíz. A nuestro grupo nos correspondía ir a clases por la mañana. Por la tarde, después de una breve siesta, debíamos ir al campo, a cumplir con el postulado martiano de combinar el estudio con el trabajo productivo.

Era primavera y llovía casi siempre por las tardes. Muchas veces teníamos que salir del campo de maíz, corriendo a la desbandada, en busca de algún techo donde guarecernos.

Magnolia siempre buscaba la forma de hacer pareja conmigo en el trabajo. Sus amigas nos miraban y se reían. Magnolia bajaba la vista con una sonrisita socarrona. Ese huevo quiere sal. Una tarde me decidí a besarla en medio del campo de maíz. Ella, al solo contacto de mis labios, metió su lengua en mi boca y se entregó al más lúbrico intercambio de salivas. Suspiraba como si se estuviera viniendo. Sus amigas aparecieron en el momento en que yo me metía en la boca una de sus teticas blancas.

¡Felicidades! Yo tenía la picha parada. ¡Qué vivan los novios! Ella sonreía con la vista en el suelo, socarrona. Caballeros, no estorben a estos, vámonos. Entonces sonó el primer trueno y enseguida empezó a llover.

Salimos corriendo hasta una vieja nave que servía para guardar los sacos en que se envasaban las mazorcas de maíz. Era un lugar tibio y húmedo. Magnolia y yo nos tiramos encima de un bulto de sacos, al final de la nave. Cerca de la entrada, los demás muchachos y muchachas hacían chistes de relajo.

Quiero que me la metas, me pidió Magnolia apenas comenzamos a besarnos. Yo le saqué los pantalones y busqué la raja por el elástico de su blúmer. Tenía los pelos amarillos, como los del maíz. Estaba húmeda. Métemela. Ella tenía mi picha entre sus manos. La tomé por la cintura y ella se sentó encima de mí. Estaba caliente. Ven. Busqué el centro. Ten cuidado, yo todavía soy señorita.

Muchos años después, cuando Magnolia, cuarentona, casada por tercera vez, con dos hijos y con su esposo trabajando en Venezuela como médico internacionalista, se hizo mi amante por esas vueltas que da la vida, me iba a enterar yo de otros detalles de esa, su primera vez, que no pude contarle a mi prima Berenice aquella tarde que llegué a La Habana. Yo era la única del grupo que quedaba virgen, me confesó, y no había sido por falta de oportunidad, es que le tenía miedo a la cosa. Yo no me podía imaginar que algo así pudiera meterse dentro de mí. Entró lentamente, desgarrando el himen. Yo lo sentí. Magnolia soltó un suspiro profundo. Luego un gritico. Cuando yo iba a comenzar a moverme con la picha acomodada dentro de ella, se paró como un rayo, poniéndose la mano en la entrepierna y dejándome con la picha llorosa y ensangrentada al aire. ¡Coño, me arde! Luego se agachó y se limpió la sangre de los muslos.

¿Te acuerdas que me limpié con el blúmer? ¿Que en lugar de ponérmelo me lo guardé en el bolsillo trasero del pantalón? Claro que me acordaba. Mi imaginación de adolescente había creado la fantasía de que la muchacha lo había hecho para guardar un recuerdo de su primera vez. Es que debía mostrárselo aquella tarde a mis amigas. Yo estaba acomplejada porque era la única del grupo que no lo había hecho todavía. Y eso que eras caliente, Magnolia. ¡Y mira que tenías fama de puta en esa escuela!

Miramar es uno de los repartos más lujosos de La Habana. La prima Berenice vivía en una casona, un palacete, que antes del triunfo de la revolución debía haber pertenecido a algún sacarócrata, o a algún político.

A mí no me extrañaba que mi prima viviera en esa casona y que tuviera ese automóvil raro. Su ex esposo era dirigente.

Llegamos, me dijo Berenice en el momento en que yo le contaba cómo, después de aquella primera vez, Magnolia dejó de ser mi pareja en el trabajo, no me buscó más, y a los pocos días se había hecho novia de Cabrerita, un negro que retaba a todos los blanquitos de la escuela a medirse la picha y decía que le pagaba cinco pesos al que, parada, la tuviera de la mitad del tamaño que la suya muerta. Por supuesto que nadie le aceptaba la apuesta. Todos lo habíamos visto en los baños.

La prima Berenice me mostró su casa. Este es tu cuarto, me dijo al abrir un portón en el segundo piso. Era un cuarto inmenso, con muchas ventanas y un escritorio que hoy me arrepiento de no haber usado nunca. En el medio del cuarto había una cama del tamaño de un terreno de voleibol vestida con sábanas púrpura. Y este es el mío, sonrió, y abrió la puerta contigua. Era un cuarto idéntico pero con una cama redonda vestida de color rosa, y en el techo, encima de la cama, una rosa náutica.

La prima dio una carrerita y se lanzó en la cama como si fuera una piscina. Su cuerpo rebotó suavemente dos o tres veces sobre el colchón. Su cabellera se hizo un torbellino y su falda revoloteó dejándome ver sus nalgas y su entrepierna desbordándose debajo de una tanga transparente que, creo recordar, era amarilla.

Mi prima comenzaba el juego del gato y el ratón. Yo era el ratón.

Sentí deseos de lanzarme encima de ella y besarla toda, pero me contuve.

Siéntete como en tu casa, Leonardito, me dijo componiéndose la falda. Luego miró al techo. Norte, me gusta saber siempre hacia dónde oriento mi cabeza.

Terminamos de recorrer la casa. Mi prima me mostraba cada rincón y me explicaba cómo y cuándo debía usar cada cosa. Esta es la estufa, para el invierno. Se puede encender con leña, pero también funciona con gas. Yo nunca pensé que a alguien se le ocurriera, en Cuba, hacer una casa con estufa. Luego sabría que era así en la mayoría de las casas de Miramar.

Mi prima me mostraba aquella casa como si yo fuera a vivir para siempre allí.

Ahora te dejo, mi cielo, me dijo cuando llegamos al comedor. Soledad te servirá la comida. Es que yo tengo trabajo esta noche. ¿Trabajo un sábado por la noche?

Lo que sabíamos de mi prima Berenice era que trabajaba en el Ministerio de Relaciones Exteriores. Es diplomática, solía decir la tía Graciela, trabaja en el Instituto de Solidaridad con los Pueblos.

Yo pensé que mi prima esa noche debía tener alguna actividad de protocolo. Una recepción, quizás. En aquellos años, casi todas las semanas los periódicos anunciaban la visita de algún presidente de algún país hermano. O de alguna delegación de alto rango de cualquier parte del mundo. Casi todas las semanas se firmaban protocolos, acuerdos bilaterales y convenios de colaboración. Casi todas las semanas se reunían comisiones mixtas para aprobar planes a corto, mediano y largo plazo.

¿Alguna reunión importante?, le pregunté a mi prima, solo por decir algo. Ella soltó una carcajada que sonó como cascabeles. Se acercó a mí, me dio un beso tierno en los labios y me dijo: Sí, es algo muy importante, Leonardito. Voy a templar con un tipo de la oficina comercial de Austria. Regreso mañana para el almuerzo.

-IV-

A partir de aquel momento quedé convencido de que no pasaría un día sin que mi prima Berenice me sorprendiera con algo.

Yo no pensaba en otra cosa que en templármela. Ella jugaba al gato y al ratón y yo le había aceptado el juego. Yo estaba convencido de que en alguna ocasión el ratón habría de llevarse el gato al agua. Solo que debía tener paciencia. Aceptar las reglas del juego.

Entre mis escaramuzas de acoso y sus estrategias esquivas yo me iba enterando de muchas cosas. Mi prima Berenice se había convertido en algo así como una puta de lujo. Al separarse de su esposo, y quizás desde antes, había sido amante de personajes muy importantes cuyos nombres ella me pidió no divulgar y los cuales yo no divulgaría de ninguna manera, aunque ella no me lo hubiera pedido. También había pasado por las camas de diplomáticos de varios países. Si no de qué manera hubiera conservado esta casa, Leonardito. Tú no sabes cuántos ojos hay puestos en esta mansión. En este país el dinero no vale tanto como el poder y las buenas relaciones.

Eran días muy ocupados para mi prima que, con magnífica ironía, se lamentaba de no poder dedicarme más tiempo. Pero no te preocupes, Leonardito, hay que tener paciencia que todo llega, ¿verdad?

Una noche tenía cita con el comerciante austriaco. Otra con un famoso pintor francés. Con un escritor colombiano con mucha influencia entre los altos dirigentes del país. Con el sobrino de un emir de no sé qué emirato árabe...

Una tarde mi prima llegó protestando porque tenía que ocuparse de un jovencito español estudiante de ballet en la escuela de Alicia Alonso.

Yo la acosaba todo el tiempo que ella estaba en casa. Pero siempre huía de mis trampas con el pretexto de que tenía algo muy importante que hacer: gimnasia, piano, perfeccionar su alemán. Una puta de lujo no puede ser una ignorante, Leonardito.

Cuando ella salía yo me iba a mi cuarto, a masturbarme. Soledad solo me veía a las horas de las comidas.

En esos días, solo en mi cuarto, compuse figuras en las que se mezclaban mi prima Berenice y Miosotis, mi prima Berenice y mi diabólica María de los Ángeles, mi prima Berenice y Magnolia... Siempre mi prima Berenice. Combinada con las pocas mujeres que había conocido hasta el momento, pero siempre mi prima Berenice.

Te vas a matar a pajas entre esas cuatro paredes, me dijo mi prima una mañana que estuvo en casa para desayunar. Hoy te vas a la playa, ordenó. Necesitas tomar el sol, respirar aire puro. Yo estaba lejos de imaginar lo que había detrás de aquel viaje a la playa. El juego del gato y el ratón llegaba a su clímax.

Yo no te puedo acompañar, porque tengo que ocuparme de algunos asuntos de mi amiguito, el estudiante de ballet, pero te llevo en el carro hasta donde puedes coger la guagua para ir a Guanabo. Después tú sabrás venir solo a casa... si no encuentras alguien que te traiga. Mi prima siempre terminaba sus frases con una risita intrigante que me incitaba a besarle sus dientes blancos y perfectos, uno por uno. ¡Esas perlas de tu boca, Berenice! Pero me contenía, claro.

Las guaguas para Guanabo salían de un punto cercano a la estación de trenes. Mejor haces la cola de los parados, Leonardito, para que te vayas más rápido. Si te pones en la cola para irte sentado pierdes toda la mañana y no vale la pena con un día tan lindo. Berenice me besó en los labios y me dejó a unos metros de la parada.

Siempre que nos encontrábamos o despedíamos, ella me besaba en los labios. Eran besos húmedos, pero cortos; sensuales, pero contenidos. Besos íntimos, pero sin lascivia. Besos que me dejaban una sensación de rabia y placer al mismo tiempo. Cuando mi prima me dejó en la parada de la guagua de Guanabo, me besó con una intención más profunda. Sus labios no se posaron sobre los míos como era su costumbre, sino que los atraparon en una breve succión. Luego su mano que me acarició el rostro, y aquella sonrisa.

Mi prima, en tres saltitos, regresó hasta su coche. La cabellera de Berenice; su cabellera, rubia y rebelde, batida por el aire. Y yo quedé mirándola sin saber qué hacer con aquella erección que se rebelaba entre mis piernas. Entonces Paquita pasó por mi lado.

Apenas sentí que al pasar rozaba mi brazo con el suyo y susurraba un tímido permiso. Pasó junto a mí y miró hacia el suelo, y al levantar la mirada su vista pasó por mi portañuela inflamada. No se detuvo a mirar. Fingió ignorarme.

La vi caminar hasta la cola y pedir el último, sin contonearse demasiado, pero sin poder disimular las curvas duras y pronunciadas de su cuerpo. Sin volver la vista atrás.

Yo también caminé hacia la fila, lentamente. Esperé a que una pareja de novios le pidiera el último y me puse detrás de ellos. Tosí para anunciar mi llegada. Ella respondió a mi señal comentándole a la parejita que hacía un calor insoportable y que no existía otra solución que irse a la playa. La guagua demoró más de veinte minutos en salir. Paquita se abanicaba el escote con una revista y yo fingía leer el periódico.

Primero montaron los de la cola de sentados. Cuando se ocuparon todos los asientos, comenzamos a subir los que viajaríamos de pie. La guagua se iba repletando y el conductor les pedía a los pasajeros que se aglomeraran hacia el fondo. Parecía que estaba embutiendo un chorizo.

Paquita subió y logró acomodarse a la orilla del pasillo. Yo quedé más al centro, casi metido entre la pareja de novios. Él le agarraba la mano a ella que había quedado a mi costado, rozando sus muslos con los míos. Entonces hice uso de mi condición de caballerito, para que los novios pudieran viajar más cómodos, dejé a la muchacha que ocupara mi lugar y yo me desplacé hasta su puesto, justo detrás del culo de Paquita. Al colocarme me sujeté por un instante, solo una fracción de segundo, de su cintura. Cuando la guagua arrancó, todos los pasajeros aprovechamos el movimiento para buscar acomodo. Cuando esto coja dos baches todo el mundo se arregla, gritó el conductor. Mi cuerpo se inclinó encima de Paquita. Al primer frenazo ella abrió las piernas en busca de equilibrio. Cuando la guagua dobló la primera curva, yo la sostuve por la cintura y ella empinó el fondillo. Mi picha, dura como un bate de aluminio, se acomodó entre sus nalgas.

Los empujones de los pasajeros que subían y de los que intentaban bajar en cada parada se encargaron de acoplar nuestros cuerpos. Los movimientos de la guagua disimulaban los nuestros en los momentos de mayor entusiasmo. Alguna vez Paquita se inclinaba, fingiendo mirar por la ventana, para que mi picha pudiera llegarle al centro de la entrepierna. Yo empujaba amparado por el molote. Otras veces yo bajaba mi mano, fingiendo palparme la cartera o rascarme un muslo, para dejarla pasar entre sus nalgas o meterla debajo de su falda, donde me encontraba con unos muslos duros y erizados como carne de gallina. En una de esas exploraciones descubrí cómo la leche le corría por sus muslos.

Ella, lamentándose del calor, resoplaba su calentura, levantaba los brazos y se recogía el pelo para luego dejarlo caer sobre mi cara. Yo acercaba mi rostro a su oreja, cuando algún frenazo me lo permitía, para exhalar un suspiro y soltar mi vaho ardiente sobre su rostro.

Cuando llegamos a Guanabo, yo me había venido dos veces.

Paquita se bajó de la guagua antes que yo. Tomamos por la misma calle hacia la playa. Ella iba delante, yo detrás, tratando de disimular con el periódico la mancha de leche de mi pantalón. Ella sacó de su cartera un llaverito con varias llaves y lo sacudió insinuante. Las llaves sonaron como cascabeles. Ahora sí meneaba sus nalgas con intención salaz. Dobló en una esquina, dos cuadras

54

antes de llegar a las dunas, y volvió la vista hacia mí con una sonrisa provocativa. Me guiñó un ojo y siguió caminando, meneando su culo cada vez con más alevosía.

Yo no tuve valor para seguirla.

Me metí en el agua con toda la ropa puesta. Luego me tiré en la arena, a velar mi pantalón y mi pulóver hasta que se secaran. Miraba las muchachas pasar.

Se acababan de poner de moda las tangas. Ya las muchachas no tenían vergüenza de mostrar sus nalgas en la playa. Yo, por primera vez en mi vida, miraba tanta carne de mujer pasar frente a mis ojos. Era un calor verdaderamente democrático aquel que llevaba a las mujeres a despelotarse masivamente.

Estaba embelesado mirando el culo de una mulata que se había tumbado unos metros a mi derecha, cuando, a mi izquierda, sentí que alguien se echaba, muy cerca de mí. Primero fue un olor profundo a crema de coco. Después una voz que me pedía: ¿Me quieres poner el bronceador? Era Paquita.

Estaba tirada junto a mí, metida en una tanga roja que apenas podía contener sus carnes. Las piernas semiabiertas me mostraban un bulto que era una tentación. Por un momento dejé de desear solamente a mi prima Berenice para enamorarme de la piel canela de Paquita. Sentí deseos de tocarla. ¿Me quieres poner bronceador? Sentí deseos de echarme encima de ella.

Yo me llamo Paquita, dijo, ¿y tú? Leonardo, le respondí. Vaya, así que Leonardito. Y me puso en la mano el frasco de bronceador fabricado en la Unión Soviética. Ella se volteó boca abajo y, sin esfuerzo ni pudor, se desató el sostén de su traje de baño. Úntamelo, anda. Yo dejé caer un chorrito de la grasa en el surco de su espalda y, tímidamente, comencé a regarlo con mi mano por la piel morena. No tengas pena de tocarme, niño, ya me has hecho más que eso. Yo sentí que se me ponían las orejas calientes.

A medida que le ponía el bronceador, mi mano tomaba confianza sobre su piel, bajaba por los costados para palparle los costillares hasta los senos o se aventuraba hacia abajo para meterse en la misma raja de las nalgas. No se te puede dar un dedo, muchacho. Y reía.

¿Por qué no me seguiste cuando bajamos de la guagua, Leonardito? Yo, avergonzado, no respondí. En realidad no sabía exactamente por qué no lo había hecho. Quizás había temido hacer el ridículo. El chiquillo comemierda, el jovencito del campo que, cayéndosele la baba por la puta que se deja toquetear en la guagua, sigue tras la presa para acabar burlado cuando la ve llegar al portal de su casa y besar, amorosa, a su marido que la espera. O peor, el infeliz guajirito que, seducido por la puta, se deja llevar hasta una casa donde lo esperan cuatro delincuentes que le roban el poco dinero que trae encima y hasta le cogen el culo en el peor de los casos. Decenas de historias como esas yo había escuchado contar en el Parque Vidal de Santa Clara, y hasta en mi misma familia. Cuando uno va a La Habana tiene que saber cuidarse. La mano siempre en la cartera cuando montes en una guagua, Leonardito, y si estás en la terminal mucho ojo con el maletín. No te quedes dormido nunca en ninguna parte, fueron las palabras más amorosas de mi padre al despedirme en la estación de trenes de Santa Clara.

Seguro que tenías miedo. Eres del campo, ¿no? ¿Miedo a qué? A lo mejor a que yo me estuviera burlando de ti, o a que te pudiera llevar a una trampa. Ustedes, los guajiros, se pasan la vida desconfiando de los habaneros. Siempre se piensan que los van a cartear o que les van a dar una dirección falsa. Yo comenzaba a sentirme ridículo. Me molestaba que me leyera los pensamientos. Iba a ponerme de pie y largarme cuando ella volvió a hablar. Yo me quedé con deseos. Ahora que nos conocemos mejor, ¿no te gustaría que nos fuéramos a una casa? ¿Acaso nos conocíamos? ¿Podía confiarme? Nunca una mujer se me había ofrecido así. Aquella quería volverme loco. Loco de los deseos de meterle la picha. ¿A tu casa? Como si lo fuera, es la casa de una amiga. O mejor dicho, la casa de los amigos de una amiga. Soltó una risita. Pero no tienes por qué preocuparte, Leonardito. No tenía por qué preocuparme. Ya no quería preocuparme por nada. Que se riera de mí, que me robaran los quince pesos que llevaba en el bolsillo. Si me iban a coger el culo gritaría. Me prendería a los piñazos, me tendrían que matar. Pero estaba dispuesto a correr el riesgo. Llámame Leonardo, por favor, le dije y me puse de pie. Vamos a donde tú quieras. Y me sentí como el protagonista de una serie de aventuras de televisión. Ella me miró y me regaló una sonrisa tan amplia como la raja que yo me imaginaba entre sus piernas. No te vas a arrepentir, me dijo. Te tengo una sorpresa. Hoy vas a hacer algo con lo que, estoy segura, llevas años soñando.

¡Yo me imaginé tantas cosas!

Era un chalet fastuoso, con un ciprés gigante en el jardín. A la entrada del garaje estaba parqueado un descapotable rojo de marca desconocida para mí. Por un momento pensé en por qué cojones montaba en guagua una tipa que tenía a su disposición un carro

58

como ese. Quizás sea del amigo de su amiga. Quizás monta en guagua porque le gusta que le restrieguen la picha entre las nalgas en el molote, supuse. Pero Paquita me llevaba del brazo y yo no estaba para sentir miedo ni para pensar ni suponer otra cosa que no fuera aquella trigueña debajo de mí.

Sacó las llaves de su monederito. Las sacudió ante mis ojos. Abrió la puerta. Pasa. Yo la obedecí.

Aquí lo tienes, le dijo, después de cerrar la puerta a mis espaldas, a la otra que, en pelotas, cubiertos los pechos por su rebelde cabellera rubia, estaba tirada en el sofá.

Días más tarde, tirados Berenice y yo sobre su cama redonda, después de haber hecho el amor con nuestras cabezas apuntando a los dieciséis puntos cardinales, mi prima se complacería en burlarse de mi asombro cuando la encontré esperándome desnuda en aquel sofá.

Era un sofá blando que se hundió bajo nuestro peso después de que mi prima me desnudó como a un niño y me llevó a su regazo, como en aquellos días de infancia en que mirábamos las películas del sábado en la medianoche.

Paquita fue por champán. La ocasión no merece menos que champán, ¿no crees, Leonardito? Las curvas de mi prima se habían vuelto voluptuosas y suaves, sus pechos blancos, llenos, rematados en rojos pezones. Tú también has crecido, Leonardito, me dijo Berenice atrapando mi picha entre sus manos. Ahora eres un hombre de verdad. Y yo me sentí grande, como aquel héroe soviético de la novela, que vencía todas las adversidades.

Yo era un hombre de verdad.

Paquita puso la bandeja delante de nosotros. Dos copas altas y una botella. Que se diviertan. La muchacha de la blonda cabellera sirvió champán y el héroe bebió con la picha parada.

Cuando penetré la carne de mi prima, cuando mordí sus pezones, cuando la sentí gemir como una gata debajo de mí, me sentí un hombre de verdad por primera vez en mi vida.

Le hice el amor con deseos. Con furia y alevosía. Profané la añorada imagen de sus nalgas redondas cuando la cogí por detrás, agarrado de las bridas de su cabellera. Profané la blancura de su piel cuando me derramé sobre su vientre. Profané sus mismos recuerdos cuando, al cerrar los ojos, la imaginé morena, con la piel de gallina, como Paquita. Y ensayé en su cuerpo todas las combinaciones posibles entre ella y su amiga: Berenice-Paquita, Paquita-Berenice,

Paquita-Berenice-Paquita, Berenice-Paquita-Berenice. Y al final solo ella: mi querida prima acogiéndome exhausto en su regazo. Su mano acariciando mi cabeza.

El ratón se llevó el gato al agua, le dije tirado sobre sus pechos en un intermedio. Ella se rió burlona. El gato se echó al agua él mismo. El gato siempre es quien caza al ratón. ¿Cómo se te ocurrió armar todo este juego, prima? Lo aprendí en mi trabajo, y a veces, como hoy, lo hago para divertirme. Yo volví a poner cara de asombro. Era cierto lo que se comentaba de las cosas que tenían que inventar las putas para poder hacer lo suyo en un país donde la prostitución era un mal enterrado hacía ya algunos años. Pero también era cierto que mi prima Berenice era una puta de altura, una puta con poder y relaciones, como ella misma se definía. ¿Por qué iba entonces a tener que inventar esas maromas para sus encuentros? Berenice se volvió a reír. Ese no es mi verdadero trabajo, Leonardito. Yo, en realidad, soy una espía, un agente de la contrainteligencia.

Entonces sí debí poner mi mejor cara de comemierda.

Ella siguió explicando. Yo la escuchaba como un tonto.

El trabajo de mi prima no era solamente acostarse con extranjeros y echarse en el bolso el dinero o las prebendas que sacara de estos. Mi prima se acostaba con ellos para, también, sacarles información necesaria para el país. Cualquier cosa puede ser importante, lo que menos una se imagina puede interesarle a La Seguridad. ¿Dónde es un hombre más sincero que en una cama y con una buena hembra debajo? Hay mucha gente que desea hacerle daño a nuestra revolución, Leonardito. Y debemos enfrentarnos a ellos con todas las armas. Mi prima Berenice también era un arma en la lucha contra el enemigo.

Yo me imaginé a la tía Graciela orgullosa de su nieta.

Hacía ya algún tiempo que la tía Graciela había perdido la esperanza de que su hija Eleonora fuese una agente de la Seguridad del Estado.

Hacía algún tiempo que habían comenzado a visitar el país algunos de los que, a principios de los años sesenta, se habían ido a Miami huyendo de las medidas revolucionarias. Con la llegada de aquellos gusanos, convertidos en mariposas, también regresaron al país muchos de los agentes infiltrados en las entrañas del monstruo imperialista. Al inicio, la tía Graciela tuvo la esperanza de que Eleonora se apareciera llena de maletas y con grados de teniente coronel, como el primo Rafe, que ya había sido ascendido. La tía Graciela soñaba con una gran fiesta en la cuadra en la que un par de altos oficiales llenaban de medallas el pecho de la prima Eleonora. Hasta pintó la sala y arregló unos marcos viejos para poner los diplomas que seguramente recibiría la prima.

Pero Eleonora no llegó. Tampoco llegó una carta suya, ni siquiera una noticia.

Idalberto, un pariente con el que toda la familia había roto la comunicación cuando este se fue por el puerto matancero de Camarioca, poco después de haber desaparecido la prima Eleonora, nos aseguró, en una fiesta que le hicimos en familia, que él nunca había visto a la prima en Miami. ¡Y Miami no es chiquito, pero ahí todos los cubanos se conocen!

Si el pariente Idalberto no la había visto en Miami, entonces dónde podía estar la prima Eleonora. ¡Muerta!, sentenció la tía Graciela, cuya corta imaginación y sus largos y sufridos años no la estimulaban ya a suponer disfraces y cambios de fisonomía, igual que le hicieron al Che cuando fue para El Congo, como sostenía mi madre esperanzada aún en volver a ver a su querida prima. O, incluso, imaginar la posibilidad de que el primo Idalberto fuese otro agente más de la seguridad cubana con la misión de seguir ocultando el trabajo de la agente Regina.

Era posible, sí, que la prima Eleonora estuviese muerta. Era la idea más realista, pensaba yo. Seguramente aquella carta de despedida la había escrito precipitadamente antes de salir, rumbo a Miami, en una embarcación frágil. Era muy posible que su destino hubiera sido morir tragada por las olas del Estrecho de la Florida por causa de su desesperada e irresponsable huida. O despedazada por los tiburones.

Sí, la prima Eleonora estaba muerta, comulgué con la tía Graciela, pero ahora la pobre viejita sí tenía alguien de quién sentirse orgullosa: la puta de su nieta, esa misma puta que la tía Graciela pensaba que la iba a matar del corazón.

¡Cuándo la tía Graciela se entere!, le dije a mi prima imbuido por el infantil entusiasmo que me embargaba. Mi prima volvió a sonreír, y poniendo su dedito índice sobre mis labios me dijo, recitando el texto martiano que servía como título y lema a la más popular serie de aventuras de un agente de la

Seguridad del Estado que haya pasado por la televisión cubana: Leonardito, en silencio ha tenido que ser, porque hay cosas que para lograrlas han de andar ocultas.

-V-

A partir de aquel día mi prima Berenice comenzó a dedicarme mucho más tiempo. Algunas veces hasta dormíamos juntos en casa. Ambos vivíamos la alucinante experiencia de reeditar nuestras noches de infancia y a la vez descubrirnos como personas adultas, totalmente aptas y libres para el sexo.

Cuando me sentía solo y aburrido en casa, siempre aparecía Paquita. Paquita como provocación y vehículo.

Paquita me montaba en el descapotable rojo y me paseaba por toda La Habana. Caminábamos La Rampa tomados de la mano y yo sentía cómo los hombres nos miraban; a ella con lascivia, a mí casi siempre con asombro. Claro, Leonardito, si te estás paseando del brazo de una de las putas más famosas de La Habana, muchacho.

Una mañana atravesamos el túnel de la bahía para meternos en las viejas fortalezas españolas El Morro y La Cabaña. Zona militar, pero casi en su totalidad pasadizos y celdas abandonadas por los que a veces pasaba algún recluta castigado a hacer guardia vieja. Paquita me condujo por los fosos y los túneles de piedra, y a veces me sorprendía develándome verdaderos secretos históricos: aquí fusilaron a Juan Clemente Zenea. En esa celda de allá arriba estuvo preso Reinaldo Arenas, un escritor rebelde y maricón que se fue del país hace poco. Luego entramos en un nicho custodiado por cohetes rusos que parecían de artesanía, para encontrarnos con mi prima Berenice, que me esperaba tirada encima de una capa verde olivo, presta a templar como conejos. ¡Que se diviertan, muchachos! ¡Arrivederchi!

Otra noche salimos a pasear en el descapotable por el litoral este. Te acuerdas, Leonardito, cuando nos conocimos aquí, en Guanabo, se rió Paquita. Con la radio del coche a todo volumen íbamos escuchando las canciones del programa *Nocturno*. ¿Qué estará haciendo Berenice a estas horas?, comentó Paquita para provocarme.

Ya en Santa Cruz del Norte, y encima del puente, Paquita dio la vuelta en redondo a toda velocidad. Cuando íbamos llegando nuevamente a Guanabo, el coche comenzó a cancanear hasta que se detuvo. Parece que abusé mucho de este cacharro, comentó Paquita. Tengo que buscar una manera de que alguien nos regrese hasta La Habana. Entonces se desnudó completamente y, parada encima del capó del coche, comenzó a bailar y hacerle señales a otro auto que se nos acercaba. Yo me estuve cagando de miedo hasta que el coche se detuvo junto al nuestro y vi asomarse la cabellera de Berenice. Anda, Leonardito, mi amor, sube que me he pasado la noche buscándote.

Las dos se rieron a carcajadas. Yo acabé imitándolas.

Paquita se alejó a toda velocidad, en su auto que nunca estuvo averiado, riéndose como una loquita y a medio vestir mientras mi prima y yo nos acoplábamos frenéticamente en el asiento trasero de aquel auto cuya marca no logro adivinar ni siquiera hoy, cuando he visto tantos carros de todos los tipos atravesar las autopistas de Europa.

Mi prima no se cansaba de jugar. Una mañana Paquita me dejaba en sus brazos sobre un colchón de libros antiguos, entre las estanterías de una sala de la Biblioteca Nacional. Otra, mi prima me esperaba en una cama estilo Luis XV, vestida con sábanas de encaje, en un salón del Museo de Artes Decorativas de La Habana.

Paquita nos decía: Diviértanse, conejos. ¡Arrivederchi!, y la puerta se cerraba.

Una tarde mi prima y yo paseábamos del brazo por La Habana Vieja y pasamos frente al Museo de la Revolución. Afuera, custodiado por ocho soldados, estaba el yate Granma. Un día vamos a templar ahí adentro, me dijo Berenice señalando el barquito. Yo nunca supe si lo había dicho en serio o jugando.

Berenice se sentía feliz. Una sola cosa le molestaba y era tener que ocuparse del españolito estudiante de ballet.

El españolito no era exactamente lo que se dice un cliente. Era más bien un encargo. Berenice me explicó una noche.

Resulta que Cuba había hecho un convenio de intercambio cultural con España. Como parte de aquel trato, el muchachito se daba el lujo de estudiar nada menos que con Alicia Alonso en la escuela del Ballet Nacional de Cuba. Pero resultaba que el chiquillo era pariente de un peje gordo de la política española, un tipo, para mayor desgracia, de la ultraderecha. Por otra parte, ya había pruebas suficientes, aseguraba mi prima, de la agresividad de los servicios españoles de inteligencia contra la Revolución Cubana, a pesar de que en España comenzaba a gobernar el partido socialista en esos momentos. Después de la CIA son los españoles los que más acciones están haciendo contra Cuba. Nada, que con este bailarín los de cultura compraron cabeza y después le cogieron miedo a los ojos, como dice mi abuela Graciela. Y ahora me toca a mí estar de niñera del chiquillo culisucio, tratando de averiguar qué coño se trae entre manos, si es que quiere llevarse los secretos de la técnica del ballet cubano o si anda averiguando la edad de Alicia Alonso.

Pero lo que más tiempo le ocupaba a mi querida prima con el pichón de bailarín español no era llevárselo a la cama y sonsacarlo a que se partiera contándole cosas. Habla una cantidad de idioteces que no te imaginas, Leonardito. No. El verdadero problema era que el muchacho se pasaba la vida metiéndose en malos rollos en los lugares más peligrosos de La Habana. Una bronca en la discoteca del Hotel Deauville, y allá iba mi prima a mover sus influencias en la policía; al Mayor Rangel, que fumaba puros Davidof, se le caía la baba cuando veía a Berenice. Un problema con un travesti del Parque de la Fraternidad, y entonces Berenice a conversar con Cachita, una maricona malísima que tenía la leyenda de haber sido capitán del ejército revolucionario, para que dejaran tranquilo al galleguito. Una deuda con un vendedor de marihuana del Parque Central y la prima Berenice a conversar con su amigo, el viejo Alex Varga, un negro que controlaba toda la zona de Centro Habana desde antes del año cincuenta y nueve, para que intercediera por la integridad del imbécil ibérico...

Yo la acompañaba a veces en estas gestiones y al meterme en estas zonas ocultas de la realidad habanera sentía tanto morbo como al penetrar en las carnes de mi prima.

Y era mi prima Berenice quien debía sacar siempre de apuros al galleguito bailarín para evitar un escándalo que pudiera afectar las relaciones bilaterales entre ambos estados: España y Cuba.

Yo ya no sentía celos cuando mi prima me contaba sobre su trabajo. No eran hombres que se acostaban con Berenice, sino objetos que ella manipulaba en busca de dinero, poder e inmunidad. Yo cada día me enamoraba más de mi prima. Lo que toda la vida había sido una idea morbosa y fija en mi cabeza: templármela, ahora se había convertido en un sentimiento sublime y profundo, un deseo limpio y renovador: amarla.

Yo sentía que mi prima me correspondía. Por eso comencé a acariciar una idea loca en mi cabeza: me casaría con ella. Me caso con Berenice, le diría a mis padres. Y soportaría la descarga del viejo: ¡Tú estás loco, muchacho, con esa mujer que ha dado más machete que Maceo en Peralejo! y los lamentos de mi madre: ¡Si ella no ha podido matar del corazón a su pobre abuela, no vas a ser tú quien me mates a mí de un infarto, Leonardito!

Por suerte mis padres no podían desheredarme. Eran unos simples proletarios viviendo en una sociedad socialista.

Por suerte ya yo era mayor de edad. Nos casaríamos.

Todo era cuestión de esperar el momento oportuno para pedirle a mi prima que me acompañara en aquella locura. Yo estaba seguro de que ella iba a aceptar.

Fue una noche que hicimos el amor en casa. En un intermedio, siempre lo hacíamos más de una vez por noche, brindamos con vino, desnudos sobre la cama redonda. Por nosotros, dije. Ella levantó su copa y casi llorando me confesó: Nunca me había sentido tan bien con un hombre, Leonardito. Solamente he gozado en la cama contigo. Había sido su momento de debilidad.

Entonces me bebí de un golpe el vino de mi copa y, sin tomar aliento, aproveché la oportunidad y le solté mi propuesta: Bere, yo quiero que te cases conmigo.

Mi prima Berenice trató en vano de poner obstáculos a mi propuesta. La diferencia de edad no me importaba, ¿qué son cuatro años de diferencia, amor mío? Ni su pasado ni su presente si algún día podríamos tener un futuro luminoso. ¿Peligros? Si acompañarla en esa vida era la aventura más maravillosa que pudiera soñar un joven de dieciocho años. Moral. ¿Qué moral?

¿Tú me amas, Bere? Ella se recogió su cabellera con las manos y la echó hacia atrás de la nuca, levantó el cuello y me miró con sus ojazos de gata, brillosos por el llanto que se asomaba en ellos. Nunca antes la había visto tan linda. Jamás la volví a ver tan hermosa. Guardo en mi mente aquella imagen como uno de los más caros recuerdos de toda mi existencia.

Escucha bien lo que te voy a decir, Leonardito, porque te lo voy a decir una sola vez. Porque será la única vez que se lo diga a un hombre en mi vida: yo te amo. Entonces volvió a tomar aire para culminar la idea: pero no me voy a casar contigo, amor. Nunca me voy a casar con nadie. Es mejor que vayas pensando en volver a tu casa, con tus padres. La semana que viene me voy de Cuba.

cuando yo intentaba taparme, con los libros, la mancha en el pantalón a la salida de la clase.

Algunos de nuestros compañeros de aula se daban cuenta que nos pajeábamos en el fondo del aula y gozaban con aquello. Miosotis disfrutaba también al saber que los demás se imaginaban, o sabían, lo que hacíamos.

Miosotis me gustaba porque me recordaba a mi prima Berenice. Era rubia, el cabello suelto y rebelde. Pero no era solo el físico. Miosotis era irreverente y desfachatada, como Berenice. Sencillamente puta. Como mi prima.

Miosotis y yo no éramos novios. Ella tenía un novio que la visitaba los miércoles por las tardes en la beca y al que se encargaba de adornar con tarros de todos los colores. Todas las noches. Con un profesor distinto cada vez. En eso también se parecía a mi prima Berenice.

Miosotis y yo nunca templamos. Nuestro acuerdo tácito era el tácito toqueteo. Con Miosotis descubrí que ese toqueteo oculto, clandestino, es una de las variantes más morbosas del sexo. Una práctica sublime que luego he practicado muchas veces en ómnibus de transporte local, autobuses interprovinciales, trenes, cines, actos públicos y todo

Miosotis y yo habíamos descubierto una manera de hacer menos aburridos los aburridos turnos de clases: yo me entretenía sobando sus muslos y metiendo mi mano debajo de su falda y ella amasándome la picha por encima del pantalón. Nuestro relajo llegaba al grado de ensañarnos con las asignaturas más tediosas, de tal manera yo me complacía al ponerla ardiente en el medio de una clase de Marxismo, al punto que ella tuviera que inclinarse sobre la mesa para disimular la expresión lujuriosa de su carita. ¿Le pasa algo Miosotis?, preguntaba el profesor interrumpiendo la explicación de por qué la materia era lo fundamental y no la idea. No es nada, profe, dice que tiene dolor de ovarios, le respondía yo, solidario. Y ella salía al final de la clase apretándose el vientre y todavía con las orejas calientes y el rostro descompuesto.

Ella consideraba su mayor triunfo sacarme la leche en medio de una clase de Geografía Económica, si era posible en el momento en que la profesora me preguntaba el concepto de plusvalía o de agricultura especulativa. Miosotis gozaba mirándome contestar con voz entrecortada en medio de la eyaculación que en vano yo trataba de contener. ¿Por qué no se pone de pie, Leonardo? Disculpe, profe, es que me lesioné una rodilla jugando baloncesto. Luego se divertía

-VI y final-

Cuando la tía Graciela leyó la nota que le puse en sus manos no tuvo tiempo para suponer que su nieta, mi prima Berenice, era una agente de la Seguridad del Estado que salía de Cuba a cumplir importantes misiones para nuestra revolución. Su corta imaginación y sus largos y sufridos años no le permitieron llevarse ese desengaño. Ahí mismo tuvo su tercer y definitivo infarto.

Se iba. Era difícil enfrentarlo. Mi prima Berenice me regaló la sonrisa más triste de su repertorio cuando le pregunté: ¿Una misión? La única misión que me queda en la vida es vivir, Leonardito. Y vivir, para mí, es algo muy caro. Algo que cada día se me hace más difícil.

El único objetivo de mi prima, desde mucho antes de aquel día que saliera de Santa Clara casada con un importante dirigente, había sido irse de Cuba. Quizás sea la mala semilla que dejó mi madre dentro de mí. El asunto es que nunca estuvo conforme con la vida que le podía dar la tía Graciela, una dependienta de bodega y comunista de patria o muerte. Mucho menos con aquella que le daban en las escuelas internas, comiendo arroz blanco, chícharos y huevo hervido en bandejas de aluminio y con cucharas de calamina. Dejándose templar por los profesores a cambio de una nota. Trocando con el almacenero su sexo por un pedazo de jamón y una botella de jugo ruso de manzanas.

Mi prima soñaba con otro mundo. Un mundo al que había intentado escaparse su madre una vez y al que ella aspiraba llegar, de cualquier manera. A cualquier precio.

Pero tú sabes, Leonardito, que eso no es nada fácil. Primero quise inventarme ese mundo aquí adentro. Arsenio era el tipo ideal: dirigente, mucho más viejo que yo, cayéndosele la baba por mí. A Arsenio lo hubiera tenido toda la vida lamiéndome los pies, y quizás con eso me hubiera conformado. Un carro fuera de serie, una mansión en Miramar. Algún viaje a los países socialistas. Y hasta era posible, si me llenaba de valor y se daba la oportunidad, que en uno de esos viajes me escapara. Mucha gente se queda en Gander, un aeropuerto que está al norte de Canadá, cuando regresan de Moscú o de Berlín. Arsenio era capaz de hacer lo que yo le pidiera, y muchas veces viajaba a los países socialistas con bastante dinero. Aquí se cuidan mucho de que los matrimonios viajen juntos. Nunca pude hacer un viaje con él, aunque no perdía la esperanza de que ocurriera algún día. Arsenio sabía que yo, a veces, salía con algún muchacho. Él lo aguantaba. Paquita y yo nos hicimos amigas hace unos años. Ella me buscaba muchachos bonitos para yo acostarme con ellos, para desintoxicarme de mi marido. Pero hay gente que te vela y te la guarda, Leonardito, y la envidia es más mala que la tiña. Una tarde Arsenio entró por esa puerta llorando. Que nos teníamos que divorciar.

A Arsenio lo habían llamado del Partido para exigirle que dejara a mi prima Berenice pues era de conocimiento público que ella le estaba pegando los tarros con un jovencito de Mantilla, un barrio de las afueras de La Habana. Arsenio cumplió con su deber de revolucionario y se divorció de mi prima. De él no tengo ni una queja. En el poco tiempo que estuvo todavía en su ministerio, antes de que lo mandaran para Las Tunas, se ocupó de arreglar todos los papeles para que la casa y el carro quedaran a mi nombre. Todavía, a veces, nos llamamos por teléfono. Ahora lo han hecho tierra. ¿Y el muchacho? No lo vi más, un día me llamó para despedirse, que se lo llevaban para Angola. Como en las historias medievales, Leonardito.

Arsenio, después del divorcio, tuvo que renunciar a su cargo. Una simple cuestión de prestigio político. Un hombre cuya esposa le ha sido infiel, aunque haya resuelto el problema con dignidad como lo hizo usted, compañero Arsenio, no tiene las condiciones y el respeto suficientes para ocupar un cargo de esa jerarquía. Le darían un puesto inferior, pero con ciertas comodidades, en provincia. Todo fue un arreglo para quitárselo del medio. Sabrá Dios por qué razón. Cuando estorbas te echan a un lado. Por eso es que yo tengo que irme. No me queda más remedio.

Mi prima Berenice tenía miedo. Mucho miedo. Ahora soy útil, pero mañana quién sabe. Mañana todo esto se puede disolver como un castillito de arena en la orilla de la playa. Por muy segura que me sienta nunca estaré segura. Esta casa es prestada, ese carro también... Este cuerpo no me va a durar toda la vida y este trabajo es un arma de doble filo. Los hombres hablan demasiado en la cama, ya me estoy enterando de demasiadas cosas y puedo ser una espina para alguien. Un día puedo caer en desgracia, como el pobre Arsenio. Y no quiero volver a Santa Clara, a vivir con mi abuela en esa casita de dos habitaciones. Eso en el mejor de los casos, Leonardito.

Cuando salí de La Habana hacía un calor insoportable. Viajé a Santa Clara con la nota para la tía Graciela en el bolsillo y la promesa hecha a mi prima de no llamarla más. Ya te enterarás, mi niño. También con el último beso de Berenice, aún ardiente en los labios y en la memoria.

Intenté llamar, pero nunca respondió al teléfono, ni en las circunstancias más graves. La lacónica Soledad, como si fuera un contestador electrónico, me respondía: La señorita Berenice no se encuentra en casa, deje su recado por favor.

Cuando volví a saber de mi prima fue gracias a Paquita: Ya se fue, hace tres días. Paquita también me decía que, gracias a ciertos movimientos suyos, pélvicos supuse, me había conseguido una plaza como corrector en un periódico de La Habana. Haz lo que te salga de los güevos, fue la respuesta de mi padre cuando se lo dije. Aquello no estaba mal para comenzar carrera literaria un muchacho de dieciocho años que todavía soñaba con ser periodista y que no sospechaba que algún día sus novelas se publicarían en varios países y en tres o cuatro lenguas.

Luego, una de esas noches en que me inventaba la imagen de mi prima Berenice en el cuerpo de Paquita: Berenice-Paquita, Paquita-Berenice, Paquita-Berenice-Paquita, Berenice-Paquita-Berenice, definitivamente Paquita, esta me contaría los detalles que conocía de la huida de mi prima. Fue el tío del galleguito bailarín. Logró sacarla con un pasaporte español. Eso costó una bronca tremenda entre la cancillería de Cuba y el consulado de España. Por poco se rompen las relaciones. ¡Entonces, está en España! Quién sabe, Leonardito, en silencio ha tenido que ser, porque hay cosas que para lograrlas han de andar ocultas. Una sola vez me llamó y fue para decirme que no lo haría más.

¿Te preguntó por mí? ¿Me dejó algún recado?

Paquita se levantó de la cama y fue hasta el armario. Regresó con una caja forrada con papel de regalo. Bere me pidió que te entregara esto.

Dentro de la caja estaba su blonda cabellera, la que había tenido que cortarse para pasar por un chico español con un pasaporte falso ante las autoridades migratorias cubanas. Estaba cuidadosamente tejida, como una alfombra.

Innsbruck, 23-27 de mayo de 2006

Acerca del autor

Lorenzo Lunar Cardedo Santa Clara, Cuba, 1958

Ha publicado las obras: *El último aliento* (cuentos, Ediciones Capiro, Cuba, 1995); *Que en vez de infierno encuentres gloria* (novela, Ediciones Zoela, España, 2003 y Ediciones Unión, Cuba, 2005); *De dos pingüé* (relato, Ediciones Capiro, Cuba, 2004); *Polvo en el viento* (novela, Editorial Plaza Mayor, Puerto Rico, 2005); *El preso de la celda "raíz cuadrada de 169"* (relato, Colección La Casa Ciega de la Editorial EDAF, España, 2005); *La vida es un tango* (novela, Editorial Almuzara, España, 2005 y Ediciones Unión, Cuba, 2008); *Ein bolero fur den kommisar* (novela, Haymon Verlag, Austria 2006); *Usted es la culpable* (novela, Editorial Almuzara, España, 2006); *El lodo y la muerte* (cuentos, Ediciones Capiro, 2007); *Bolero noir á Santa Clara* (novela, Latinoir, Francia, 2009); *Olor a canela* (cuento, Editorial Gente Nueva, 2009); *Pequeñas miserias cotidianas* (minicuentos, Ediciones San Librario, Bogotá, 2010); *El asere ilustrado* (novela, Editorial Capiro, 2010); *La casa de tu vida* (novela, Editorial Oriente, Cuba, 2010); *Y comieron perdices* (cuentos para niños, Editorial Gente Nueva, Cuba, 2011); *Confesiones* (antología de cuentos policiacos, Ediciones Unión, Cuba, 2011); *Enrique en la república de Labrador* (investigación, Editorial Matanzas, Cuba, 2011); *Viajero sin itinerarios* (investigación, Editorial Letras Cubanas, Cuba, 2011); *La vida es un tango* (novela, Editorial In Libro Veritas, Francia, 2011); *Usted es la culpable* (novela, Editorial In Libro Veritas, Francia, 2011); *Mundos de sombras* (novela, Editorial Atmósfera Literaria, España, 2011); y *La cabellera de Berenice* (novela, Editorial Capiro, Cuba, 2012).

Ha obtenido, entre otros, los reconocimientos: premio nacional de novela policial "Aniversario de la Revolución", Cuba, 1996; premio internacional de relato policial de la Semana Negra de Gijón, España, 1999, 2001 y 2005; premio internacional de relatos policiales de la AIEP de Bulgaria, 2002; premio Brigada 21 a la mejor novela negra publicada en castellano en España durante el año 2003 por la novela *Que en vez de infierno encuentres gloria* y en el año 2007 por *Usted es la culpable*; premio Novelpol 2003 a

84

la mejor novela negra publicada durante el año por la novela *Que en vez de infierno encuentres gloria*; mención especial del jurado del premio Hammett iberoamericano 2003 a la novela *Que en vez de infierno encuentres gloria;* premio Plaza Mayor de novela, 2005; premio Oriente de novela en el año 2009, y premio nacional de poesía Ciudad del Che, Uneac de Villa Clara, 2010.

Email: rebeloren@cenit.cult.cu

.